papyrus

LA COLÈRE DU GRAND SPHINX

DE GIETER.

G. VLOEBERGHS.

DUPUIS

Dépôt légal : juin 1997 — D.1997/0089/149
ISBN 2-8001-2445-8 — ISSN 0771-8969
© Dupuis, 1997.
Tous droits réservés.
Imprimé en Belgique.

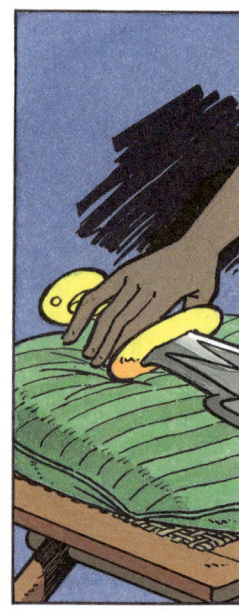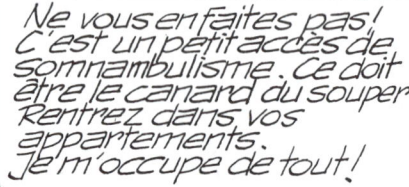

* voir n°3 : Le Colosse sans visage.

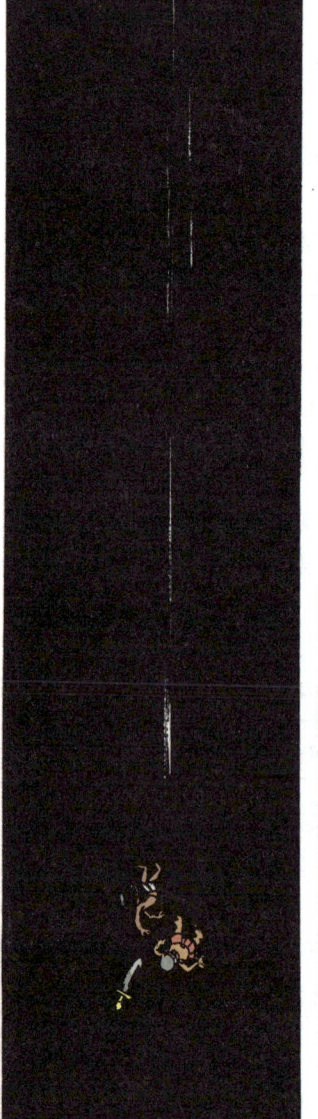

* Judicieuse prémonition : c'est dans cet état que, en 1798, les savants de l'expédition Bonaparte le redécouvrirent.

Tous ont repris le travail avec enthousiasme.

Et, bientôt, le sable tourbillonnant se fait lourd, colle au sol...

Alors, lentement, mille bras libèrent le Sphinx de sa gangue boueuse.

Malgré la fureur de l'homme-tempête qui s'étrangle de rage, impuissant.

RHAAAAAAAHAAA

PRINTED IN BELGIUM BY
proost
INTERNATIONAL BOOK PRODUCTION